下南洋

第37届青春诗会诗丛

《诗刊》社 编

杨碧薇———著

长江出版传媒

长江文艺出版社

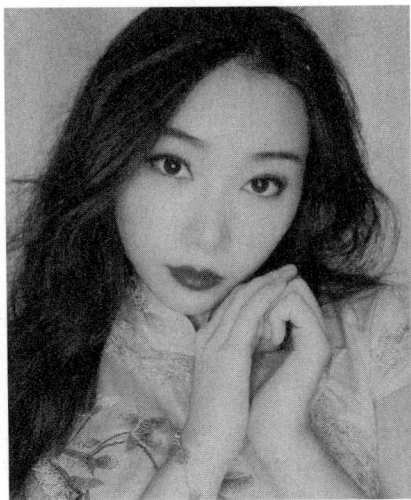

杨碧薇

1988年生，云南昭通人。文学博士，北京大学艺术学博士后。中国作家协会会员，中国文艺评论家协会会员，中国诗歌学会理事。学术研究涉及文学、摇滚、民谣、电影、摄影、装置等领域。出版诗集《坐在对面的爱情》，散文集《华服》，学术批评集《碧漪或南红：诗与艺术的互阐》。现居北京，任教于鲁迅文学院。

目　录

下辑　去南方

上　辑

下南洋

一蓑烟雨任泉州

我承认，我对鲤城的爱情，
还停留在青春期。从小
我就被教导
要信奉纸上的价值。
我渴望永恒，也为之警惕。
便是滚烫的两心相印时，我也会扔开伞，
在西街潮湿的纸灯笼下一步一步
慢慢走，将凉薄的山泉
压进眼底。

但今年的雨水已不容我
在中立里生存；在刺桐似火的鲤城，
加冕美梦的辩证。
为何我的热爱，竟分解为无边的倦怠？
四百年前，我的未婚夫辞别鲤城，
宦游神州，上北京，下云南，著书讲学。
多年后，为着他断送在剃发刀下的壮志，
我在有限的文字里，骤添险峭一笔。
又为着这一笔，我决计开始更漫长的行程。

我会在一个细雨的清晨离开，

不待胭脂巷的面线糊老店开门。
不待去开元寺求平安，
不待清扫七子戏繁花深处
零落的飞絮。

2017-01-29 至 2017-02-06 河北阜平

郑和：刘家港独白

这些年，从红土高原到刘家港
我用双脚丈量的险峰不可数
阅过的春色不可数
刀剑、霜雪不可数
只要跨出家门，我就预备好赴死的决心
不侥幸于任何退路
方能通向更多的大路

若是未曾离开斑斓的云之南
我会以为一眼望到头的平淡，就是最大的幸福
但感谢大海，它给我另一种艰辛的幸福
它激发我未知的潜能
让我与无数个陌生的自己
在陌生的风景中相遇
为此，我感到欣喜，又有些许羞愧
对于海，我并不能回报它什么

现在，站在整装待发的船头
船旗舞动的声音，用一致的节奏与浪花隔空握手
我将再次投身于海的诱惑
世界的新鲜与庄严，在我内心震响

同时震动着的，还有一种想哭的感觉
一切的孤独与荣耀啊，都无法对世人言说
但千百年后，你一定能看到我
成为汉语里一枚闪亮的词
成为一个新的源头
成为海的自由的一部分

2018-09-17 湖北武汉

傍晚乘车从文昌回海口

桉树提着绉纱裤管走出剧场
坐在东海岸的锁骨上
《燕尾蝶》与树林的光条平行闪耀
固力果的情歌与明暗贴面
如果让视线持续北眺，过琼州海峡
就会看到雷州半岛的鬓影华灯
但那边与我何干呢
整个大陆，不过是小灵魂的茫茫异乡
此时我体内，太平洋的汐流正在为暮色扩充体量
海口依然遥远，我的船快要来了
水手们神色微倦，空酒瓶在船舱里玎珰
擦拭过天空的帆是半旧的
甲板上堆满紫玫瑰色的光

2019-01-30 陕西西安

开平碉楼里的女人像

鹅黄色灯笼袖洋衫，水蓝色搭扣皮鞋，
鬓边斜插过一支荷花发簪。
胭脂当然少不了，
寂寞的红，只有我能诠释。
书房里已布好静物：
蕾丝桌布、马来锡果碟、鎏金咖啡壶。
我理顺裙带，坐在木椅前，
模拟陪嫁带来的青花瓷瓶，
面对镜头，从容地摆拍惜别之情。

昨夜入洞房，今日合影，明早他下南洋。
这是我的命。
命迈着猫步一寸寸蹑来时，
我嗅到脉脉温情里，杀人心性的毒。
"杨小姐，你刺绣作诗、鼓琴对弈的佳期逝去了。
从今往后，你是一个人的妻子。
你要服从无影手的改造，从头到脚贤良淑德。
不可任性，不可让三角梅开到围墙外，
不可擅自想象与情郎私奔。"
我在心里嘲笑这道圣旨，若我大声说不，
它会当场捆绑我，为我量刑。

为了更大的自由，我用上齿咬住颤抖的下唇，
说"好""我愿意"。
所有人都很满意，将漩在我眼里的泉，
进行了正统的误读。

出阁前，我的私塾先生敬老夫子说过，
要学会蔑视。
此刻，从西洋照相机吐出的光里，
我已寻不见蔑视的对象。
流离涂炭的南洋不能为我巩固道德正确性，
流奶与蜜的南洋也带不来幸福。
我必须独自去追寻那道行在海上的光，
这一生，我为它而来，也随它而去；
我在它里面靠岸；其间看过和演过的戏，皆可忽略不计。
那么今夜，我会为陌生的新郎官，
做一碗红豆沙，以纪念我们浮生的交集。
想到这些，快门声响起时，我的梨涡就转动了。
我越笑越动人，还看到百年后，
从云南来的年轻女游客。
她站在开平碉楼的照片墙前，
捻着命里同样的刺藤，敞开肉身让我的目光洞穿，
而我的笑已回答了一切。

2017-01-29 至 2017-02-06 河北阜平

西 贡

我不走大路。我从窄处开水道，
坐独木舟，抄过绿荫輼然的海底椰，
面迎清风为你而来。
湄公河舒展梦境，一练平川。
我压箱底儿的樱桃一粒粒，争相发育，
别急呀，
耐着性子，膨一点，再膨一点，
把南越的阳光吸个饱。

我挂着热带的风霜望见你，
远处太平洋翻起千层白浪。
你经过合起一半的百叶窗，
敲不开的门楼，衬衫上珍珠纽扣格外闪亮。
我不介意你爱过圆雀斑的白人少女，
追求过长眉细眼的京族小姐，
我只想放逐呀！来与你相遇一场，
天亮后，我带走我的小皮箱，
喝一杯玛格丽特将旧事抛忘。

别问我归期，我是
对西贡又爱又怨的南洋女郎。

你看，堤岸那么长，一个人未免走出凄凉。

我身后灯火翩翩，和你初到时一样。

2017-01-29 至 2017-02-06 河北阜平

海口天后宫

妈祖呀，刚才我经过得胜沙路，
无心细赏精美的骑楼，也不在老爸茶馆停留，
只为快些来到你的殿，
趁日头清明，烧上最好的三炷香。

这一次，我要走得更远，
打包所有的无解，去南洋放逐自己。
亲爱的妈祖，他们说那里有和海南一样甜的菠萝蜜，
发达者视之为天堂，落魄者恨之如地狱；
每个前往冒险的人，生死各占一半概率。
我不图找到金山，
或在宗祠留下大写的传说，
只因神秘的冲动在煮着我的生命，
它不让我驻足，即使我已在天涯海角享受安宁。

临行前，我会将一杯米酒倒在秀英港，
不再回头。
妈祖娘娘，大海给我最深的向往，
也给我最深的忧惧。
三年前我阔别徐闻海安港，
船近海口，忽妖风四起，

黑沙蔽天，如临深渊。

满船人齐齐跪倒甲板上，向你呼求。

弟兄们千万次叩头如我一样铁蹄疾点，

来不及迷茫我涕泪俱下放声祈祷：

"在海上你是我唯一的守护，

在海上你是我唯一的依靠。

愿你显灵制止这无端的罪恶，

我们都犯过错但还不到清算时。

我还年轻我不甘心我担心船身倾覆扎进大海，

我怕雷霆般的风浪怕下沉时孤身一人的绝望，

我怕利齿的怪鱼怕海底的铁爪撕碎我想飞的灵魂，

妈祖，我怕。

你见证了我的野心我的脆弱你知道此刻，我怕……"

朦朦中你的红衫在空中扬起一角，

响应我们的呼号我们的投靠我们难得的赤诚你来了。

你来了，晴空万里，

有人大哭，有人瘫软在地。

妈祖娘娘，现在我持香默祷，虔敬下跪。

求你惦记无处皈依的游子，

潮起潮落，为我开一条路，点一盏灯；

求你体恤我，

为着我对海的怕和爱。

来年三月二十三，若我还能站在陆地上，

将继续叩拜进香，

向你献上海鲜、瓜果，以及我
在海上丰富的孤独。

2017-01-29 至 2017-02-06 河北阜平

三十六古街

我藏在红蜡烛里的忧惧，
被河内的冬阳，不动声色地擦去大半。
寰宇，在蓝棉布的拂拭下更新。
熟悉的恍惚感，照应了某年夏天，
槐树叶随风送来的畅想。

油盐、斗笠、针线盒……
每一样物品，各自获得一条街。
它们比我满足，清楚自己的诞生和去路。
若不是因为神秘的星云、不止的搅动，
我倒也可以把任意一处市井都认作故土。

我要在街边小店喝摩氏咖啡，旋即骑马去海防。
我会穿上轻盈的奥黛，
把没说出的话，旖旎在三十六古街
长长的光影下。

2017-01-29 至 2017-02-06 河北阜平

渡

A

一开始，她担心我穿越丛林时，
会颠簸，会打滑，会突然生气，把她
从我背上甩飞。
像根僵直的木桩，她，全部精力都绷在
适应陌生的平衡性上。
直到从我的律动中找准根音，
她双腿间的弓才悄然隐去。
嗨，这朵绒花的呼吸，让我忆起那年
蕉下的甜风。
我决定稳稳地，
护送她过河去。

B

大地津润，它的行走坚实，为泥土
盖下深深的吻。
仿佛在说：不要怕。
是啊，怕什么？

往前走，不回头。

四周静寂，只有雨后嫩枝，向我头顶滴洒

仙露沁凉。

它驮我翻过小山，来到湄公河边。

霎那间，绿的深喉喘出一团

滚烫的光亮。

它放慢脚步，轻扇耳朵提醒我

——要过河啦！

啊呀呀，水面拨响四弦琴，

水花溅开活泼的金钻。

这温柔一刻，

一种共同的欢喜在我们之间馥郁。

C

终于，他们来到河对岸。

背对金黄的晚照，她蓦然发现，

它的身体布满荒凉的褶皱，

两道灰纱在它眼中，支起沉默的门帘。

突然就停顿了……

莫名的惭愧将她裹住，

轻微的痛感，正搓皱天边的晚霞。

如同人类每一次潦草的告别，

她能做的不过是

朝它的长鼻子举起一串世俗的香蕉；

而短暂的旅途里，

它馈赠她的，已远不止这些。

2021-06-06 北京

大象之死

越来越跟不上它们的脚步了。
我该在清溪边歇歇，假装饮水，实则扪心回忆：
这一生，是否尝过疯狂的蜂蜜？
如果没有，
还可用想象补给。今年雨季以来，
似曾相识的未知渐渐贴满了我的血肉，
像远方归来的游子，
坐在秋千上，哼唱我在母腹里听过的谣曲。

那歌声弥合太初与苍老，欢迎一种限度。
永恒早已发脆变轻，它其实并不重要；
而激情消散的速度总令我惊讶，
厌倦，则比希望多出
关键的一毫克。

我唯一的心愿不过是：死在我的诞生地。
人类的无知抹脏了地球；
热带雨林，我秘密的孤儿院，
还保持体面的干净。
我懂得它无限的丰饶和伤悲。
让我再看一次湄公河上的夕阳，然后找一个

小得仅够容纳我平淡一生的洞穴，
就在那里躺下，
做满天星斗的梦。在梦里重新生长，
带着我的骨，我的牙，我的笑，
羽化为雨林的基因。

2017-01-29 至 2017-02-06 河北阜平

湄公河

1

水用自身的无形藏匿刀片
被割伤的阳光，带着伤口泛滥

2

我来了
我的每一枚器官，湿香徘徊
青苔翻动睫毛，绿不尽的水石榕
朝逆天生长的无忧花招手
细小的山丘，一座座，从我身体上异军突起
蝴蝶撩拨独弦琴

3

静坐于独木舟，风过
海底椰裸露巨大的根系
枝蔓扩张，让我想起很久以前
我们曾虚度一个燥热的夜晚

4

为那错过的热
错过的耳鬓厮磨
我想哭

5

有一种爱情
是我们共同的宿命

6

长长的堤坝从文字里抽身而退
中国情人不再想起
渡船上，头戴宽檐男帽的少女

7

她涂过的口红，他也忘记了
一生太短，只容他们牢记
热烈的细节

8

这条河，一定是先于我
而成为我、表现我
一定是
当我的骨骼冒烟时
揉捏我，融我为水，回到我

9

并赐我一场热带风暴

10

它给出坐标，又剥夺我方向
但沉默的太平洋知道
在绝路中
我终将走向南、北、东、西

11

祈祷、巫辞、毒蛊、云南境内的高山峡谷
也都随着想象力消失了
这里大河如练，世界一马平川

消失的象群，显影在天边

12

我不能继续想下去了。体内的寒魅，逼着我
在河边驻足，洗心
拔除冬眠的余魇

13

在北回归线以南，我最好的生活
就是做白日梦
我有一个摇篮

14

那些年，从西贡到金边
我独自在湄公河的经脉上走着
满载命里日夜奔腾的流逝

15

后来，我乘车前往暹粒
只为看一看巴戎寺的四面佛
它背对人潮人海，是不是也会悄然

泪流成河

2015-10-03 陕西西安　初稿
2015-12-08 北京　修改

方旭的红龙

小公主！你这加里曼丹的富贵闲人儿，
坐拥花花世界最纯洁的海域。
像一道闪光的火焰你
将午后春梦，在水中点燃。
不必领略愁滋味，你的软烟罗尾巴，
蘸满沙漠上空的晚霞，
在涟环剪开处，轻绕热带的面纱。

更多的惊叹还会从你身上长出来，
一鳞片、一鳞片地长出来。
慢是慢了些，你且耐着心。
从生到死，你只需做好一件事：
用无限的倍数扩张美丽。

（致方旭，兼致王建飞）
2021-04-13 河南巩义

塔佩门盲人乐手

我想，孔雀开屏的样子，就是一场
和声的盛宴。就是风吹过秤锤树、红姬蕉
变幻出的浓淡厚薄
一出生我就与光影无缘
但无边的黑暗也替我挡去
使人欢喜使人愁的魔障
在声音的圣殿，我能分辨鸟类的情绪
洞察新娘的心思，我褊褶于
你们身后
冰川和星空的切面

我还有吉他。如果说无穷尽存在
那一定包含着吉他的快乐
它玫瑰木的琴板，是大地永恒的秋波
精细的金属弦，在神灵的委托下蝶振
它让我领略到孤独是何其甜美的旅程
也教诲我什么是伟大的宁静
那天弹琴时，历历浮世结成水纹
冲破时间的钳制，从琴上淌过
我触摸清冽涟漪，只摸到弦上涌出
一粒接一粒月光石

再放手，再拨弦
琴箱里传来
山高水长的回声
此外什么都没有，又满得
不能更多

"够了。"
我对自己说
我愿意把这秘密奉献出来
在塔佩门夜市，我弹起吉他一如抚摸
命运的锁骨
七月的清迈古城，榴莲涌出夏日的淋漓
红尘鼎沸，炊煮着开端和结局
而我只在持续的弹奏中生产矿石
说，带来迷茫
弹，才是创造
我越弹琴，就越明了——
好像我一直坐在这里
却已深入世界的每个角落
走了很远

2018-10-30 北京

又见湄公河

"旅客朋友们，我们的飞机即将到达波成东国际机场……"
我往窗外一看，地面上蓝盒子红盒子高高低低，
辨不出佛塔、宫殿和庙宇。
当年噩梦转眼醒，传说中的刑具向空白遁去。

云朵俊逸，
湄公河流过宁静的金边。
它转弯前行时，力压了多少波涛，
才换得河面闪耀如斯。

2017-01-29 至 2017-02-06 河北阜平

云顶星巴克

她们从窗外的人流里逸出，簇进星巴克大厅，飘向我这边。一个丝质长裙一个牛仔短裙，同款银项链托着黑头发黑眼睛。我挪开桌上的 IPAD，关掉好莱坞电影，让出左侧的空位。她们用英语致谢，却用华语琢磨起大厅的WIFI，我共享了密码，我们便谈起雨林上空的云。

她们说在缆车里翻过了一座又一座山，每隔几分钟就转入一个陌生世界。陪伴着夕阳的晚霞始终盘桓在天边，每一幕都百看不厌。下午她们刚离开太子城，说云顶的气温，更接近中国云南的秋天。我默想着"秋"字的笔画，却想象不出秋天的质感。

我说，我来自槟城我是客家人祖籍广东梅县。我讲马来语英语国语。祖父在世时是家里唯一能讲客家话的人，我们能听懂却只能用国语回答他。他晚年订的华文报纸，我们搬了两次家还留着。她们说中国很大山川各异，问我最想去哪里。我说去东北，因为我没见过雪。

中国，口中重复过千万遍的国度，有我熟悉的向往、陌生的担忧。加油，再过两年我满十八岁，第一次成年旅行近在咫尺。她们也祝福我和我的万里路。今晚风凉，娱乐场里热闹非凡，我们只坐在星巴克的高脚凳上喝焦糖玛奇朵，看各种肤色的人来来往往。

2017-01-29 至 2017-02-06 河北阜平

马六甲三保山

恭喜你，远道的客人！春和景明，
你可慢慢开车，在三保山转一转。
这里坡缓林翠，清风如漪，
我一出生，就扎根在这座
阳光、雨水永不衰竭的山上。
不必担心命丧屠刀，亦免受迁徙之苦。

你若游累了，就下山买猫山王吃吧。
这里的鬼们，也想留个安静时辰，晒晒太阳，叙叙旧。
你呀，怎会知道三保山的秘密。
越是风凄雨苦，埋葬在山上的鬼们，
越会相邀齐啸，
有鬼叹息，有鬼回忆，有鬼呼唤，
有鬼向北哀泣断了音讯的老母，
有鬼高声赞美汉丽宝公主。
声情之切，让遍野墓碑，恨不得就地崩裂，
好使这些中国鬼破军而出，冲至山下的三保庙，
问一问三保老爷，他派来接他们回去的大船，
到了哪个海湾。

远客，你无须胆颤。

人之思乡尚为常情，
何况叶落也不能归根的鬼！
身为一株再普通不过的热带树木，
我倒是受惠于三保山肥沃的热土。
山上的血泪多出一滴，我就更珍惜眼前的幸福。
正是在无数个鬼哭之夜，
我饱吸甘露和深情，愈发枝繁又叶茂。

我会至死陪伴这群无家可归的孤鬼。
虽然他们放心不下的小娘惹，
已在兵荒马乱的时月，
换上艳丽纱笼，结伴下到吉隆坡，
贩卖廉价的爱情。

2017-01-29 至 2017-02-06 河北阜平

吉隆坡夜色无上

在陌生的他乡，我不必自我暗示
与之有一丝半点的亲缘。
也不认可自己属于
任何的此在、任何的土地。
我从海上漂来，还要继续漂去，
为靠近更空的天空。
即使赞美吉隆坡的夜色，
我也只是一枚
局外闲棋。
在这条大街，我熟悉招牌上的每一个字母，
却拼不出弯曲的含义。
印度飞饼店热烘烘闹翻翻的快活味，
也没能与我的味蕾达成默契。

夜深了，我只想在这座井字天桥上游荡。
被红灯拦住的汽车，如陆上海灯，通往一扇扇家门。
远处的双子塔，继续向低于它们的事物恩施光明。
谢谢警察先生，劳您走过长长的天桥来叮嘱我，
可我现在还不想回酒店。
我想和您聊聊远去的兰芳；我马帮的外公，
他那些洪门的同袍，和他一样消失在

南洋的小水花里。
唉，警察先生，讲这些有何用，
我会笑着说谢谢，然后回酒店整理
明天要带走的行李。

在大马，别人不懂的心事，
故国也未必有人懂。
一个孤绝的人，
向世界交出的，不只是南北东西。
当我上呈了一生的
捷径、舒适、平凡的幸福及生死的确定性，
还想回头多看一眼的，
是吉隆坡路边一所小小的华文学校——
白天经过那里，里面传出的诵读声，
是我最初学到的唐诗。
举头望明月，
低头思故乡。

2017-01-29 至 2017-02-06 河北阜平

牛车水

水汽浸湿人群。

风，吻过胡姬花，又揉洗我盖满红唇的超短裙。

似曾相识的热情，摇着繁盛肉身，

搭乘跨国火车，南下，赴我沉寂之丘，

开垦一片蓝莓地。

我掌灯而立，目所触之夜色，

在肉骨茶的鼎沸中，酥软了玻璃的质感。

我想在汉语里完成的路，

又一次，在这个低仿的故乡，

被新茶泼下的软骨拦断。

我已能平心静气地接受无路可去，

惟恐夕死而朝闻道，不甘。

走了这么久，没得到半个故园。

丢掉的故乡，却已被新来的他乡人改写。

牛车水啊，在你陌生的身段里，

我的凉鞋游满浮萍。

2017-01-29 至 2017-02-06 河北阜平

再写西贡

再次在纸上写下西贡是十四年后了。

十四年前，我拆开《情人》的塑封，已决心过一种

云朵的生活。

冬季的中学校园，绒帽情侣们倾心的夹道，

枯枝吞吐着白气。在人群中，

我思想的初夜先于身体降临：

船帆，刀锋，一丝丝

略带腥涩的清甜。而我如何与你分享这些？

我的罂粟籽还在生长，

浓烈的前景裹藏着朴实，你也是。

你到教室找我，我们并肩洄游又一个晚自习。

时针缓慢，你的字很好看但你的草稿本

只有未来的公式。

那些夜里，我们踩着碎晃的灯光走向各自的家，

转身的一瞬，我的飞毯向海面飘去。

你再次来找我时，身上的一部分

从男孩变成了男人。你没有说，可我懂得这

繁复的过程。你从镜子里凝视我，

凝视冰川落满悲伤的白雪。正是那一刻，

我知道我们从未阔别，尽管余生的分离

仍将长于相聚。

等等——为何中间的旅途，竟被压缩成须臾。
两个无知的成年人，总算要面对
少年时禁闭的星盘。
那是什么，极乐还是深渊？
是一枚又美又渴更骄纵的词，无可救药地
缩小我们秘密的疆域。
门上的缅栀子被风吹落；
姗姗来迟的烟绿，在虚设的栅栏外荒凉。
不，正因有那大于一切的，故不能；
快把我流放，否则我，只有投降。

你走后，CD 一直搁浅在唱片机里其实我们
从未将它听完。
阳光下阴影的一边，我以狭长的灰
压住野马的阵脚。
好像历来如此，虚妄才是我
最忠诚的伙伴！当我告诉你，今天的晚霞又被
剥夺语言的贞操时，它早已是我道上的狴犴！
亲爱的，我最大的幸福无非是孤独，其次才是
用孩子般的手指穿梭你的发卷。

我重新变回雪意，幻化成你东方的冷峭、古典的惘然。
听，静默。只有云的分解节奏，在我体内行进。

是时候向你说说西贡了，但我没提《情人》，

没提我心上

抵挡太平洋的堤坝。这道永恒的伤疤，

总在不甘地增高，总在海潮中溃散。

是时候回去看看了，回西贡，回越南，回时光长乐处，

回到故乡下雪的窗前，俯首滚烫的文字。

我不确定下一次，会在湄公河的入海口待多久，

可只要想一想，就仿佛获得了热带

再不松手的拥抱。

我也不止一次想起你，

曾用夏天全部的尾调向我的双唇输送颤音。

想你在巴黎，用杜拉斯的母语改装余生的模样，

清晨醒来，你裹紧衣领，迎接薄露阑珊的秋凉。

2019-10-10 陕西西安

印度庙迷情

是什么声音，
引我脱去鞋履，撞入另外的陌生：
彩神、奇香、念辞、情思、人影、游魂。
渐温的水，熬着我体内的幽冥。
我究竟借用了何等力量，
才逃开陆地，闯进星岛的此方幽格，
在一切偶然的必然中，重新看自己，
任法相万变，亦不过和万物同等。

但你说过还是要有所信。你说有信者走遍四方，
不会愁，不畏惧。
那我这般癫痴半世、漂浪青春，
终会在何庙何殿中，将路上的淹蹇一并释怀？
如果注定歇不了脚，那么亲爱的，
我们何时才能再相逢，
是不是还会有——

滚滚春光从新开的窗户上涌进，
我们的欢喜佛，又抱紧了一些。

2017-01-29 至 2017-02-06 河北阜平

海南会馆

浮在天际的红霞，串起一丝凉气了。
我乘巴士往海南会馆去
看一出琼州戏。
唉，今日狮城，还有什么好戏令我惦记？
无非是每周五晚八点，
老友们聚一聚，饮几盅雷公根。

我并不认为黄昏在向我靠近，但确实
身边可说话的人越来越少。
病的病，去的去，
留下几把命硬心强的老骨头。每家的孙子，
却只会讲英文。
我早习惯了英文，只是烧水时听到海南话，
水就沸得欢快一点；择菜时听到海南话，
手指动得顺畅一点。
这也是近年才开始磨人的事。独居惯了，
早前书柜里摆着的，是邓丽君的磁带、宝丽金的 CD。
前年我的沙皮"艾米莉·勃朗特"死后，
在突然大起来的家里，
琼州戏的唱词，竟一句一句，
从空镜子里往外涌。

这是病吧，得改。可我又沉迷于那份
乡音和丝竹的镜花水月里。管弦一响，
我就像换上了二十岁的方跟英伦皮鞋，
去往樟宜机场，乘三个半小时的飞机，
来到中国海口，出美兰机场，搭高铁，
二十分钟赶到文昌：那年的雨还没停，
他还撑着伞，站在戏园外的槟榔树下，
等我一起看完戏，送我回文南路的家。

一阵风过，我已走进海南会馆的大厅。
我上顶楼，右拐，坐在暗红的剧场里。
老姊妹也来了二三，
说明日去老黄家做一顿文昌鸡。
大幕一拉，戏将开演，
我却还想着，假若当年没有从铺前港下南洋，
假若我陪他看完了那出《槐荫记》，
假若我还是那个誓不出嫁的
符家大小姐。

2017-01-29 至 2017-02-06 河北阜平

琅勃拉邦速写

诗意只有一半。
另一半是幻想。

光西瀑布自遥远的星球而降，
黑熊想跳进水的婚纱里漫游。

热带果汁摊，香气像亮片儿乱闪，
你停在操场边，纸鹤在榕树上翩跹。

雨打来，万物舒服，
驶过雨后大街的 Tutu 车旧电视一样。

每一个黎明，挎着竹篮布施的僧侣，
缓慢地搬运希望的光影。

夜深了，番石榴纱笼隐没在墙角，
合拢的手指似梦中睡莲。

日复一日，时间在这里进行别样的创造，
我却清空了语言。

2021-03-13 北京

地球剧场第××幕：永珍

在永珍的街心花园，头缠银丝的
白人老妇叫住我："你好，姑娘。
你为什么来永珍？"

正午阳光下，她的眼神在雪的镜片后
炯炯如星。我停下脚步，背靠一株
滴着绿蜡的大榕树。风吹过，我说：
"永珍在我意念的锦匣中，又在我想象的城垣外。
塔銮庄重，丹塔古朴，
奇丽的香昆寺，夹着一丝明媚的狡黠。
这座城市并不打算整理盘错的天线，
以及欠收拾的巷街，这些皱纹加深了它
作为一座没落王城的刻度。
它总泊在白日梦岸边，喘着将暮的疲倦。
我爱这份眩晕，
永珍堪称爱情的头号替代品。"

老妇摆动着肥胖的身躯：
"在永珍，我永远分不清
哪些是道路，哪些是庙宇，
哪些又是私人的庭院。

我在被打乱了时空的魔方里，
跟着色块旋转。
玉绿，黄金，朱砂红，天蓝，蛋黄花白……
每一缕色彩，都像刚从晨曦里拎出来。"

我点头："其实，永珍是一座大型人类剧场。
不管你是老龙人老听人老松人华人高棉人还是
什么人，来到这里，就是戏剧的参与者；
扮演，不，体验的角色是自己。
这个剧场不会为你
提供你想看到的，它只负责呈现世界的本原。
这里没有观众席，也没有舞台；
你呼吸，你的角色就活着
——为自己而活。"

"是的，你从哪里来?" 她指着身旁
更老的男士说，"这是我哥哥。我们
从布里斯班出发，经星岛，可真费了一点劲。
十岁时我们说要来，二十岁也在说。
现在我七十岁，他七十五，
总算来了，不打算回去。
地球上，总要有一个剧场给我们入场券，
一到永珍，我们就知道，是这里了……"

一幕终，多阶魔方重新开始转动，

澳洲兄妹坐在街心花园的石凳上，

目送我骑着戴花的大象，

去往南掌王国，唤醒雨林深处沉睡的舞台。

2021-03-11 北京

初见和重逢

"事情大致就是这样了,
但我从未抱怨吃过的苦头。
离开寺庙后,我便找了这份工作。
这儿不错,今天的生活值得赞美。
当然,我还希望能去中国继续深造。"

他赤着脚,站在花木繁盛的法式庭院里,
"也期待你再来琅勃拉邦。"

"对了,我还不知道你的名字。"

他说出一个老挝语的词,随即用英语解释:
"它的意思是:在时间的轮转中,
我们终将再次相遇。"

2021-03-13 北京

万象青木瓜

"我并非亡命徒，只是南北回归线之间的
周游列国者。在热带，我能时刻保持
游泳的状态。"

他喜欢舒展的水，警惕坚冰。他的宝箱里，
有地球上最大的圆；也藏着发黄的
缅栀子指环。

"忘了是哪一年，我开始厌倦巴达维亚，
把家搬到清迈。我修了一栋木屋，
推门是湖，削开的翡丝托着白鹅。"

在人潮似火的万象夜市，他的身世忽明忽暗。
"这边和泰国很像，但基础建设远不如曼谷。
要跨越两个世界，只需过一条湄公河。"

他讲泰语、英语、夹生的华语、一点点高棉语。
"我没见过雪，但并不好奇。雪是一种
妥协的中间物。你的北平，对我来说太遥远。"

我们吃青木瓜丝，生猛辛辣的

邂逅很快湿透了衣衫。味蕾在远古山丘睁眼，
我开始草拟身份的谱系。

"在广州，我曾想搞一辆最新款的凯迪拉克，
带初恋的小娘惹兜风。对了，广州是我到过的
最北的城市。三十年前，那里手表遍地。"

老挝啤酒吹轻了宵夜的气泡；
青木瓜之味，化为一枚鲜爽的纽扣，
钉入我的记忆。
从塔銮到夜市，浮生又一天。
"江湖茫茫，有缘再会。"
他用白话①同我告别，
转过身，脖子后的"忍"字已褪色。

2021-03-08 北京

---

① 白话，即粤语别称。

栴檀晚钟

这将是我最后一次听到西萨格寺的
晚钟。它清越，警示，余音私带了一钩
浅青的回旋。拨开栴檀微苦的暮霭，它
划开一个扇面。而我的告别，
踞坐于折扇之内，在既往与此刻的罅隙里，
抛光最后一条弧线。

身为公主，我最大的财富是孤独。
知识与伦理，像两副生锈的铠甲，
日复一日保卫我，也局限我。
"除了高贵你别无他路，"
它们模仿教养嬷嬷的声调说：
"你怎能与众女子相同？
世俗生活给你的幸福，如梦幻泡影，
比那只唱破了喉咙的画眉还虚弱。
你真正的幸福，在这个时代无一人附和。"
多么冷冽的谶语，利剑刺穿不了它；
美貌、才华、自持……
我拥有的一切无法换来一段真情，
只能成全一份实用的婚姻。

去吧夕阳，我要毁灭我身上
无与伦比的厚礼。
在暹罗部队踏平栴檀的围城前，
我成功策反了两副铠甲，把它们嵌入
我的肉体。
"不接受，不认命。"我们爬上西萨格寺
最高的屋顶，朝月华的飞瀑纵身一跃……
"听，战鼓声如雷雨般迫近。栴檀的城砖，
将在羽管键琴的教化中练习陌生的舞步。
未来世界，黄金波诡薄脆。
而在我唯一的一次任性里，
死，是自由的不二选项。"

2021-03-10 北京

香通寺听雨

今年，琅勃拉邦的雨季未免太着急，
三月刚到，便将佛都罩进烦恼的银丝笼。
我打扫僧房，收拾书籍，
雨声叩响窗棂，与阴天同色，像茶水
在半旧的紫砂壶中滚沸。

这等季候，往往昭示新秩序的开始。
新，意味着旧被判定为时间卷册上的语病；
狂热与盲目又有了摇篮，
随之催生的笃信，恰恰是暴力
最得体的注解。

新不愿终结，它不断分裂出更新。
早夭的新堆叠在一起，巧手亦难从
文明的霞绡中析出
暧昧的金砂。
太快了，那么多含苞的新，
谁记得它们安慰过虚弱的理想？
一如暹罗人、安南人、法兰西人曾带来的，
美丽的许诺总伴生微毒，
砍伐和建设令人们亢奋，

来不及结果的凋谢了，把胚胎埋入热带空气，
用遗留的梦境改写我们的命运。

而雨声是速度最早的产物。
雨的新只在半空成立，
当它与物体碰撞发出声响时，
便无可回转地倒向旧的阵营。
今日，人类的进程，早已赶超雨的折旧率。
地球发着高烧升温，确实需要一场雨。
雨——从新到旧，一个停顿：
沙沙沙，游客们躲进街边小店，
再出来，头顶殖民时期的花伞。
我却更喜欢站在屋檐下，静静看
寺院与湄公河的烟雨融为一体。
寺门之外，Land Sales 已成为新的国家风景，
年轻的僧侣穿过古城，手握新款的苹果手机。

雨声，天地之间一道空门帘，
我不确定它是否能替我挡住
心之外的敲击。
但还有生命之树凝固了时间，它视万物为同仁，
不再区分旧与新；
它永远在此刻，枝叶饱满，孔雀开屏，
猫头鹰守卫黎明。
雨停了，一切都在闪闪发光，

人只需走在自己的归途上。

2021-03-12 北京

蓝梦岛老水手

这一生，我在浪的刀尖上摸爬滚打，
将命悬于这滴凛冽的白光，
有时尝到的是蜜，有时溅出的是血。
经历的风浪多了，曾以为会刻在骨上的细节，
竟都轻轻忘记。而每一次出海，仍意味着靠近一次
潜伏的危险。为此，前些年的我
还会烧香祈祷。
现在，未知却向我吹来微小的亲近，
我惊于此等感悟：也许是我老了，
好的坏的，能接受的越多，
也就越顺应，
莫测的悲或喜。

我爱在上午九点钟的码头，向蓝梦岛出发。
一离开岸，我与船就同时陷入孤独。
两种孤独并不相通，
但还能默契地相伴。
在船上，我思考了多少年，
也就发了多少年的呆。
多好呀，远离人杂声喧的城市，
面对大海，我才想清楚什么对我最重要。

对我而言，

人间是一个世界，海是另一个世界；

我的生活，就平衡在两个世界的出入之间。

我也曾把灯火通明的岸上视为天堂，

但真正支撑我不跌倒的，还是那片

蔚蓝的向往。

今天，有一位中国姑娘独坐船尾。

我操起生锈的国语告诉她，

我的祖上来自福建。

我没去过中国，现在老了，也没打算要去。

她问：你觉得自己像印尼人多一点呢，

还是像中国人多？

这个问题我没想过，我沉思片刻，回答说：

我是海上人。

海在哪里，哪里就是我的家。

快到蓝梦岛了，满船乘客激动得尖叫：

透明发蓝的海水，是地球养在浩瀚玻璃里

一缸纯净的梦。

多少次，我也曾潜入这缸梦中，

与珊瑚、扇贝、五彩的热带鱼同俦，

同享穿过海面的阳光。

阳光在水里，比在水上温柔，

四围无声，呼出的水泡像一串串新摘的葡萄。

每每那种时刻，我感觉自己
离岸上的世界很远，离真实的奥妙很近。

船靠岸了，我站在细白的沙滩上，向乘客们挥手。
在蓝梦岛，他们将获得印度洋更多的馈赠。
而我始终坚信，海上有另外的国度，
它和我捉了一辈子的迷藏，
在所剩无多的余生里，我也难以找到。
但它永远在那儿，发着光。

对那光芒的想象，已足够安慰我的心，
让我热泪盈眶。

2017-01-29 至 2017-02-06 河北阜平

苏门答腊的忧郁

她眼里软顺的丝穗——向斜晖倚去。
海，从四方倾来，浓缩成匙状的光晕，
钻入她瞳孔深处开启田园。

不，那穗子是我闪烁的睫毛，
是轻触着黄昏的栅栏外
微卷的流苏。
背靠船舷，我与这张东方面孔对视，
并肩而立的距离，扩张着海的边际。
天幕就要褪下霞衣，我们将用酸甜的词语定位
与帆顶若即若离的南十字星。

是的小姐，我的曾祖是福建人，
他怎么来到印尼的，我也不知道了。
我出生在苏门答腊岛南部的巨港，
你问我父母？他们还在老家割橡胶。

夜的紫唇半开。她的印花裙摆簇向大海。
我们的影子，揽着微波摇摆。
是的小姐，我的故乡穷，打我七八岁起，
就发誓要离开那里。

你问我在雅加达的这些年？真心不容易！

但要细说起来，好像也没什么好说的。

你问我名字？对了，我有汉语名字，

阿华。父亲说，是中华的华，

怎么个写法，我也不知道了。

我不识汉字，更不会写……

你问我为什么不能识写？

没人教，也用不上……

小姐，你问题可真多。如果有机会，

去中国旅游？我当然愿意！那得等我发财后，

谁知道要等到哪一天。

哎呀，别问我为什么老说不知道，

你问一百遍，我也回答不了，因为我真的不知道。

亲爱的小姐，这些就是我能使用的，

所有的汉语库，库，库存。没让你见笑吧，我已

尽最大力说了，你能听懂就好。

我们手里的汽水瓶，摇曳着琥珀光。

漫天的星辰，堆在夜航船的甲板上，

烛照正在入梦的印度洋。

她说："我是汉语诗人。让我来想象一下，

如果你也能，用更深的汉语来思考问题……"

什么是"更深的汉语"？——

她仰起头："就是万紫千红的、出生入死的、情深义重的……

和我们头顶的星空一样的汉语……"

连说几个我不懂的词汇，她又笑了：

"不为难你了。"

我们改换英语聊天，喝完了剩下的汽水。

她说她会替我用汉语，记录下今晚的偶遇。

我说我体会不了"更深的汉语"，

但此刻就是好的；

诗歌，就是好的。

她说在我眼里，她看到她的黑头发，

正被海风翻出粘意；还看到这片海，终年涌动，永无止境。

我说是吗，我在你眼里也看见我的脸，甚至我的睫毛。

她说那她就写我的睫毛，

她将在那首汉语的诗里，用描眼线的耐心，

细细地，把我们交错而过的残轨修补完全。

2017-01-29 至 2017-02-06 河北阜平

消失的骑楼

它的满洲窗消失了。
女儿墙、风雨廊、拱券、腰线、栏杆、阳台，
墙缝里傲然生长的三角梅，
楼梯间的猫、街中心的雨……
消失了。
这是陌生的世界：
许愿花在门槛下安睡，诵祷声撩动夕曛。
被阳光暴晒的渔港，交叉叠放
赤脚、汗水、旧巴士、活动板房。
咸鱼干穿着风衣，齐齐站在棕绳上，呼喊海底的远亲。
木桌上的神像，伸着七彩的头颅，
问人间借用黑白。

这是南洋的尽头：
我悲从中来，苦中生甜，乐极生悲。
繁复的对抗已被我删尽，
星空和大海，也给不了我谜底，
但它们给我渴望——
我愿意，活在美好的谜面里。

在骑楼消失的地方，我用肉身驮起它的废墟。

这是总结。

这是开始。

2017-01-29 至 2017-02-06 河北阜平

湄公河日落

竟忘了为何来到这里——
须臾间，我已被空无填满，臣服于
天空的盛宴。
那么多河流，那么多痴梦，
为何我一眼认领的是湄公河，
它在万象和廊开之间涌动，
在我的血液里取消了时空。

"多滚烫啊，短暂的夕阳。
你在地球的银幕上播放壮丽的影像。
你带着被万物辜负的金箔隐入太平洋。"

2021-03-13 北京

下 辑

去南方

伟大的南方

2013 年西安草莓音乐节
彭坦唱起《南方》
在一众的北方口音中
南方铲开思想的稗草，清晰地走向我
带着稻田工厂红蜻蜓，小镇和大城市
带着春衫下的薄汗香走向我
生平第一次——离开南方后
我被它真实地暴击
也是在那一刻，南方才从我身上生根
我盒里的恒星击碎寒武纪
在一路向南的途中万丈光芒

再次邂逅南方，是 2019 年末北京的冬天
清晨坐车穿过陌生的城区
早间新闻正播报南方的消息
我知道那边草木依然蓊郁
在潮湿的季候里滚着珍贵的热气
而这边，新的一天又从浓烈的叙述中降临
车窗外，人们将双手插进棉衣口袋
站在公交站台上久久地等待
沿途看过去，微尘的灰度拔高了半旧的大楼

道路如此拥堵，班车迟迟不来

也或许下一秒它就到了

2019-11-21 北京

雪夜永恒

直到雪花织成了银丝网
我们仍骑着摩托车漫游昭通城
我的手搁在你衣兜内，头靠在你背上
紧贴你起伏的田野，我眼前胶片蔓延一卷卷倾斜
街衢空荡，路灯向琼苞深处张望
零落的背影匆忙回家
我们有家不归，只想就这么依偎
就这么云中航行虚掷一生

真好啊，抹除语言的世界，惟有皎洁与你我无垠
我的彝族男孩，你的金色耳环迎风摇晃
和你整个人一样，痛饮高原的圣光
真好啊，十七岁
一小时前我们还在锆石的星空下亲吻
一小时后我们将去小酒馆烤火听摇滚
真的好，清酒酿的爱情
它同时带来最柔软的，最悲剧的
以及杯中的烟花
让我们身处其间而浑然不知
纷飞多年，那一夜的甜还流连我舌尖

2021-01-08 北京

渐　次

站在藏经阁围栏边
安福寺的一角房檐正翘指拈起黄昏
它前面几树繁花自顾潋滟
再往前是屋舍铺开
再往前是院落以旷寂对话世界

那院中有隐约风铃声向我拨来
它携手白鸽之缓步、风中之尘埃
于稳健深处发一声空响
当这一切的善意临到围栏外
我扣手直立，体内执念如春色堆积

2017-05-07 北京

访刘基故里

刘伯温早就预知到
六百多年后的今天
我站在这里，扬起头
迎向大厅内汹涌的暗光

他知道我的彩霞注定要诡谲地翻腾
晚钟不断消逝
我远离群鸦和它们
新染的毛色

他也知道我终将走近文字的秘密
尽管我已不再轻易为永恒泪涌
任它在我骨骼中栽花、扫雪
做一位寻常老邻居
身为读书人
我有底气在时光里慢慢变老

2017-05-07 北京

冬夜，Moon Dog

在 Moon Dog，我还剩半杯 Mojito，
微微喘着气。
跌跃在齿间，是春芽的碎片。
《白银饭店》，自渺远的山峰涌过，
山谷有回音。

囍儿说了好多遍：
"有朋自远方来，
今晚我好开心！"
虽然他每天都在笑，
把自己的二十岁
提前笑皱了。

坐在他旁边，我的蓝风筝，
还在崖上翻跹。
阳光猛烈，我耐心收放着盘线。

有一条空走廊，始终
回荡着
无处可去的风。
风在冬夜微醺，

走廊在我们的生活中，
越掘越深。

听说就在上周，昆明刚下过一场罕见的雪，
整座城市，
正在努力尝试
如何安置
突如其来的白。

"从高处看我们就像风中的草。"一曲终止，
囍儿送我回去。
瓦仓南路短得过分，
走到告别的路口，
我们还没想好，
该不该拥抱。

2014-01-08 云南昭通

成都东站站台

一瞬间，我以为前面的老人是祖父
仍戴着那顶毛呢贝雷帽
仍是整洁的蓝衣，在站台多边形的阴影里
衣袂翻飞着持重的深秋不认可的飘逸

啊，爷爷。我在心里喊
为什么多年以后，凭借他人的背影
我才真正地认出了你
像认出合唱队中唯一一个闭紧嘴唇的人
当镀金的旋律响彻宇宙，你喉咙里的海啸
挤成两道狭长的空气游出鼻孔
你从后院取下了晾晒的锦缎，梅树上白雪乱跌

那个老人没有转身
爷爷，他握住行李袋的手和你一样
握紧的还有全球升温后，困兽心中
不可逆的怀疑

我也不愿转身，怕看见自己走过的路
都被复制成你熟悉的影像
怕回到灿烂冬日，我们是并排坐在

枯梅枝上的兄弟

2018-12-28 陕西西安

山 坡

暮光浮在红蜻蜓
散漫的飞翔上，
光的重量和蜻蜓的翅膀近于无。
整个世界青山辽阔，毫无道理。
我看得出神，没注意母亲的唱词
拐了几道弯。

我们身旁，胭脂花沸腾的紫红色，
把泥土的手心滚得又香又痒。
风正在降温，
远方，还在向梯田派送伞兵。
母亲说：天快黑了，该回家了，
我便跟着她往家走。
她的大裙摆沿着小路飘啊飘。
二十年了，
今天的风使劲儿凉，夜空也再不见星星，
我终于一点点忆起她裙摆舞动的弧度，
那么朴素，那么洁白。

2018-04-06 河北定州

花城女警

她身上有金沙江与马力协作的秩序
当她敬礼，一朵南国睡莲合拢在掌心
而她握笔时，两手的商榷
从空气的镜面圈出深水池
泊在池岸的羽毛船，张开纤维微皱
剔透。风，吹过小叶榕和番石榴

何等充盈，那静默的神情
有时坚定，有时摇铃，有时用山泉
冲泡苦丁茶，有时穿着沉思的花裙骑行
旋绕于气息的，是眉梢远烟
瞳孔藏着清晨的树林
何等丰饶，靛蓝的人群中，她独占
一抹深玫瑰的秋意

（致袁瑰秋）

2021-03-30 北京

2012 年 12 月 21 日，企沙

我们从镇上最好的酒店出来
过码头，在煤灰沉浮的天穹下
走向海心沙

谈论车螺、摇滚、出路、过往的男人
更多是谈论
我们自身迷惘的部分

2012 年 12 月 21 日，传说中的世界末日
如果你把地图缩小
耐心点，再缩小
将坐标定位在
南中国北部湾这个叫企沙的小镇
就会看见我们

站在海心沙中央，抽着烟
平静地接受海水的包围

没有什么天崩地裂
我们也暂时忽略了
一直承受在内心的瓦解与毁灭

但它们的确在发生

如同海的腥咸味

风一吹，就一波又一波翻起

（致韦香香）

2015-12-06 北京

温州杨梅

暂且吧，暂且，身体和思想缩成圆。
多余的丘陵，缩为春季时尚首秀中
鸡尾酒的水泡。
山野沉寂，
新的形体翻滚，借魔女的胭脂刷，
为浅薄众生，普度深沉的颜色。

看，我们所期待的浆汁，
正在叶的掩映下颤抖。
它知晓越靠近阳光，付出的代价
就越难以估算。
但走向成熟，是这盘大棋中唯一的大道。
正因如此，我爱杨梅不可复制的甜，
更让我欲罢不能的，
是它秘密的夹层里，
坚持挺立的酸。

2018-07-22 山西太原 初稿
2018-07-24 北京 修改

梅雨潭的绿

是鹿的眼睛，凝视榴莲微阖的睫毛
是深海扇贝翕开小米牙
用高度的从容调和低度的痒
安享
寄自仙女星系甜品屋的抹茶慕斯

任何形容都绿不过梅雨潭的绿了
这绿的祖母，绿的小孙女
它将一种颜色定义，也将过去和今朝
徘徊在此地的身影嵌入错落里
从缤纷中披靡而来，自然会珍视
绿的重要性
但，如果你的翅膀将在回旋中上升
澄澈远比绿可贵

2018-07-17 陕西西安

珍藜的果皮箱

一半的酒在杯中，一半的酒还在
雪花啤酒瓶里
墙上的格瓦拉，桌上的台布
都是红色的
腰乐队的《民族》不是
你和少年们大口抽烟，大声摇骰子
每次我转头看你
你也正看着我，笑

为什么过了十多年，在一路向北的高铁上
我才突然想
写一写这家酒吧，它叫
珍藜的果皮箱
还没来得及像处理狼藉的果皮那样
吞掉我整块的青春
它就在城市改造前，朝虚空致敬

我在那场劫难中带着幸运的云朵逃离
昭通城焕然一新，成为滚落在繁华幕布背后的
一个空酒瓶

你重新钻了进去

装修。撕裂。修复——

在瓶底重识最初的光阴

抵抗，屈膝，发福，偶尔夜半清醒

与瓶口保持平行

2017-06-11 北京

在滇池

一些际遇正在此刻溜走

我只是仓皇地嗅着你领口的洗衣液香随夜风如轻歌般弥散

我只是静静地听着你给我的琴弦在湖光上爆出青铜的断响

2019-08-17 陕西西安

大罗山观云

惊奇！多少年了，
我走出山，又回到山，
并且爱上它。
找不到比它更延绵也更孤峭、更敞开也
更隐幽的顽主了。
只要地球还在，它的腹腔里就笼着
未知的火力。不要问我为什么，
对于山，以及永恒，
我从未看清过。

大罗山的云，我爱的也是它
亦真亦幻的品质。
站在山上看山下，被视线缩成模型的茶树、水石、禅院⋯⋯
都被山岚泡过一遍，外观比本身宁静。
站在山上看山顶，够不到的大多数，
被云朵托举得更轻盈。
站在山上看山，遮蔽的、显露的，还有我自己，
总有一部分与云雾抱合在一起。
漫步大罗山中，
洁白的隐士令我若有所失，更心花灿烂。
该怎样感谢这份稀有的虚呢，

尘世太拥挤，
它只为狭窄的山径植下苔印。

2018-07-28 北京

故 乡

那一刻独属于你：
你翘起指尖，一点点揭开天空的金箔纸，
抿到黄昏刚出笼的草莓心。
之后，整个夏季被加封透明的唇印，
广播唱词击中另外的少年，
护城河畔荒草淋漓，鸽群飞进了时光的抽屉。

总会有时因自由而苍茫，
总会有时因辽阔而悲伤。
总会有时，北方冬夜的琴套抖不出一颗星辰，
那一刻就涌来，轻敲梦之门。
河山万里，轻舟如梭，
你手持钻杖回归襁褓。

2018-01-19 北京

灯 塔

这艘白色的，从海口秀英港
开往广东海安的轮船，装下了你
辉煌的星空。你独自凭栏而倚，呼吸南海上
腥咸的风。这些年，云南、广西、海南……
你离家越来越远，这种味道，也由陌生
渐渐变亲近，像你体内的亲人。

海浪轻摇，莫测的讯号将你打开，
你迎接这无私的馈赠。你明白，有些东西
远远高于岸上
令人心安的花花世界。因为岸，
并不是尽头。
这一路，你要靠着若有若无的光，选择信任，
选择归属，并依然赞美
宽阔的风险。

你可以往任何地方去。
在深海里，你看见一个蔚蓝的宇宙。

2016-11-26 陕西西安

大补山村印象

它知道青翠的就要恣肆，雪白的就要无邪
湖有了桥才生顾盼，荷塘还须配点淡香
当然喽，椰子应有椰子的窈窕
榕树亦有榕树的正道
哦，这闺阁中的小桃源
它还深知云朵只对着干净的大地照镜子
抽象的幸福要经生活的热汤
方能熬出盐味
而山水，将带给我们更大的满足
最终，美的繁复归于美的素朴

2021-02-10 北京

光坡·黄昏小调

在光坡，海岛黄昏的酡颜
须臾之间，无数微表情浮幻
跳进湖里洗澡的夕阳，正拖动华服的尾翼
将水纹刷皱，挑染出暖色中
一抹咏叹调的金
而与它相对的现实镜面，岸边婷婷的身段
也向绮雯招展着槟榔的花冠
人结束了一天的劳动，迎接归途或晚笛
我却不知往何处去
我充盈且徒劳
走了很远又绕回原地
窣窣地想着你眼角那些飘渺的影像

2021-02-10 北京

味叭村午后

我们一定来过这里……
多么隆重，四月的白日梦……
你身后凤凰树无际，在点燃火束前，
替归途预演了开始和终结。
缱绻啊，飞逝啊，黄金的理想薄如蝉翼。
那些失重的光，竟再一次，
从你指尖跳落我身上。
我骄纵地挥霍它们如同与你挥霍着
再见，
快扔掉语言吧你说，只留线段虚度
在云端。
直到我们被梦吞并，被正反合的力淬炼成一瓶
微渺的晶露；直到你的小乐章在低音谱号的柔颈处侧身
等待，
我依然无法为盲目的热浪命名。

2021-02-08 北京

那一年的爱情

空荡荡的天花板，风扇迟缓地转，
把风转慢了，
时钟转成逆方向。

只有地板是凉的。
地板之外，多余的是
白木头床的房间。

两个人，流了许多汗。
他的刘海，绞进我颈上的蓝心项链。

他说：你是个傻帽。
我渴，却想抽一支白梅烟。

假槟榔的叶影，摇荡在百叶窗上。
很长的夜晚，随一场暴雨
猛然裂天而降。

后来，那一年的星空涌进珠江，
我涂起红指甲，也就决心不再犯傻。

2014-11-23 陕西西安

锡　绣

豆蔻和婚床，是她隐于绢面的内心景观
真丝，加固欢喜的心结、霜雪的绝望
一引，一刺，一拉
她盖住中年的疣赘
剪断日记里的省略号
当春韭满院送香
她让鲥鱼游过瓷碟的光条
明朝推门，巷口再逢陌生男子
那一步无声的踟蹰
也凝聚在针尖上

她用大浪下的耐心，把时间分解为针脚
再造一个繁盛的序列
"我不是艺术家，我只是工匠"
话音未落
她又陷入那种重复，与寂寞对位
眼光追随手中针线游啊游
忘了是否一定要
在这世上留下点什么

2017-05-15 北京

那一天的光

那一天，昆明庭院里慵懒的午后光
被风载起来，拨着十一月的心事
东一搭，西一搭，草莓汁在半空喷发
那一天，我在滇藏线上
哀牢山深处，林间一剪一剪的
光带，向陌生的行人提供胸襟
那一天，光像薄薄的纸片
紧贴和顺古城的桥栏，等待有心人
进行华丽的开发
那一天，吉他声起起伏伏
流光在昭通城的夜色里明暗
我离开你，独自逆风而行
那一天，整个云南的光都是好的
把生命幽黯的角落也辉映成
小麦肤色
那后来，我还是在聚散离合中握紧手电筒
再没见过
那么好的光

2016-09-08 云南昭通

侗家姑娘

日子在她们的发髻上，长出森林香
长出深山鸟鸣，鱼排成斜线跃出江面

花苞做成了耳朵，垂挂两滴滢露
唇和桃腮之间的春意，如雨后的寨子饱满起伏

全身都颤动着银片的叮玲
多少柔情，才能把金属锤炼出树叶的轻盈

"美丽的女子，当午热褪去，
你们将以何样的黄昏抵御衰老的恐惧？"我问

空谷中唯有弦外的远歌
她们笑而不语

2021-05-27 北京

在柳州的一天

我给小引发信息：
"小叔，我到柳州了，
这个曾在火车上多次经过的城市，
真的很热。
我不打算找他，
永远不会找他啦。
现在我在步行街的星巴克，
喝完这杯咖啡，就出去走走。"

后来，我没给小引说，
挨近黄昏时，
我到了柳江边，
提着裙摆跨过一段泥泞。
脚前是一片鳞甲四翻的干燥土地，
江面仿佛被移到对岸，
我看着光点随风流动，
拈不出一个词语。
我转身寻找别的风景，
那里的土层被阳光砍开了更大的伤口，
一道，两道……
与我局部的记忆隐约对应。

听不见任何声音，巨大的树阴覆盖着
草丛下的千军万马。

2017-02-25 陕西西安

访钟子期墓

子期，两千多年后，在你
想象力的尽头
汉江两岸，长出了太多
随电梯一道起落、失重的寂寞
来干一杯吧！多幸运，你看不到
二十一世纪精美的流水线面孔
看不到丝弦的颤动消弭在人间
它藏进振幅里的预言
最聪明的学者也懒得去破解
子期，在你墓前我羞于讲述百灵或金冠
我来自一只你不敢想、一想就
滑向虚无的犄角
当我锁闭喉咙的闸门，吞下
比核桃壳更崎岖的高音
曾将琴声染得苍翠无边的松涛
已自裁于回收站

我能说的不过是——
很久没有这样的夏天了
暴烈、惶惑，热血在冷藏室打着寒战
穿过静默的街道，我和我的兄弟

在正午的阴影下告别

"保重。"我们彼此嘱咐。身后火浪

席卷岑寂的前路

用握手代替拥抱，我们相隔

两种性别，一个国度

2019-08-05 云南丽江

故乡后遗症

我在感冒药的催眠下睡去
梦见了夏日沙滩，粉紫海鸟
还有你，从另一种语言中向我走来

！……！！！
一声巨响切断了影像
波浪的颤音在门框上激荡
又地震了……我想
我得迅速逃离梦的边缘
跑跑跑跑到最近的承重墙下
先稳住自己再给亲人们打电话……

持续的坍塌并没有发生
我睁开眼，长安城秋意凝澹
更远处，阳光的瘦身段隐没于霾

在庆幸与失落的变奏中
我再次跳闪于舞与死交替的症候

2019-10-24 北京

风　铃

那年初夏，姐姐们成了全城
最不讲理的怪物
时而发呆，时而发怒
头发天天洗，眉毛每周修
清早，还在窃窃私语中忽然捧腹
傍晚，就在开满蒲公英的小路边
对着撕了一地的情书哭

在广场尽头的精品屋，她们用
透明甲油的手指
拂过一串串风铃
海贝壳的，喇叭花的，细圆管的
风的口袋
撞出的笑就像阳台上
浅色的棉布裙
晃悠悠，湿漉漉

商讨了一下午，最好看的一串风铃终于被
虔诚地放进
打着漂亮缎带的包装盒
姐姐们说到男生的生日 party、礼花枪、啤酒和吻

说到午夜十二点，水晶鞋，南瓜马车
真该死！她们正一点点丢掉羞耻
她们公然手捧清亮的秘密飘过我身旁
那件猜不透的礼物
藏着咬牙切齿又怦然心跳的堕落

直至我也尝到
初夏的最后一粒樱桃
被刀锋切开时的痛觉
在战栗的恍惚中，听见姐姐们
用双手拧紧产房床单，咯吱
吱——棉布裙的纤维在撕裂

再没有薄而脆的美在风中打秋千的声音了
待我晕过去又醒过来
时间的高铁已在我体内播种荒草
一开始，它转得太慢
接着，打开了机器
终于，它拉响汽笛
轰隆隆的齿轮，碾碎风铃的魔法
姐姐们真的不见了

2019-06-19 北京